推薦語

第一次見葉羽桐是他剛獲得二〇一〇年金漫獎最佳漫畫潛力獎的時候，獨特的水墨漫畫風格讓我印象深刻，他是一位極具創作力且難得的人才，也希望大家能給他多一些鼓勵！加油！

——王偉忠／名製作人

二十年前臺灣有鄭問；二十年後我們有葉羽桐。

——王子麵／插畫家

貓咪是濃縮的獅子，劍客是持劍的紳士，無論是抱抱還是打怪，每個少女都應該擁有一隻。羽桐成功的結合貓、劍與美女三項暢銷元素，打入國際指日可待！

——施達樂／臺客武俠創始人

傳統水墨蘊詩意，當代場景顯神威，是漫畫江湖裡的一帖奇書！

——黃子佼／跨界王

他的筆鋒玩弄水墨，他的《貓劍客》遊走於水墨之間降妖伏魔！一位無懼於現下萌海一片，勇於表現自我色彩的強者。葉羽桐！就是「與眾不同」！

——練任／漫畫家

貓界的燕赤霞，三頭身軟萌Ｑ毛，照樣帥你一臉血！

——謝金魚／「故事：寫給所有人的歷史」網站 共同創辦人

（照姓氏筆畫排列）

目次

伏魔塔，
源自上古時代便存在的
收妖寶器，
傳說有四百妖魔
被封印至此。
而如今，封印卻被
解開了……

颯

世間即將變成人間煉獄。

貓劍客

甲午年盛夏——
喵
喵
喵
嗯？
喵
是誰家的小貓咪？怎麼會在這裡呢？
第一回 邂逅

怎麼了？是不是肚子餓了？
喵
喵～
哪～
我這裡正好有一點點小魚乾，將就點吃吧！
杏仁
你的主人呢？是流浪貓嗎？
你身上綁的是……什麼？

這是什麼瓶子？
?

這個瓶子不能碰嗎？
喵喵！
拜託借我看一下嘛～
喵喵喵！
好啦，我知道了，不碰就不碰……
甩蛋蛋？
喵喵～
啪啪啪
啊！糟了！
小貓你要乖唷！我補習快遲到了，晚點再來看你！
喵～

……
戴上

咻咻咻……
那女孩身上殘留著妖氣，看來就是她，錯不了！

嗯？
那裡有人在Cos，是在扮什麼漫畫人物？
妳看！
哇，真的耶～好可愛！來拍個照吧！
喵……
水上漂！
!?
咻—

喵～
唉～
要是家裡可以養貓就好了……
可是爸爸一定……
讀書不讀書，養什麼貓咪？
妳知道我花多少錢在妳身上嗎？
與其花那些時間，不如好好考上大學，別讓我丟臉好嗎!?
唉～還是不要想太多好了……
趕快去補習班要緊……
為什麼放假第一天還要這麼累？
搶劫啊——
誰快來幫我抓住那個小偷！

唉唷——
小偷不要跑！
……！！
……
把老婆婆的包包還來！

可惡！我上課都快遲到了還遇到這種事！
喂!!
死巷？
好啊！這個笨賊跑進死巷了，把婆婆的包包還來！
……

!!
這……
這是什麼？
……

颯—
……

!!
這裡是哪裡……
為什麼我會在這裡？

解不開……
妳醒啦……小妹妹！

這兩個人是怎麼回事……
你們是誰？為什麼要抓我？
妳身上有我們老大要的東西，勸妳最好不要亂來！
不然會發生什麼事我可不敢保證！哼哼哼……

……
嗯？可是老大不是說不能對她怎樣？
我這麼說是怕她會亂叫！
這裡隔音很差，如果被別人發現就完蛋了！
……
喔～對厚！
啊啊啊啊啊——
快封住她的嘴！
嘿！
你們快放開我！

笨蛋，抓也抓不好，讓她跑掉了啦！
你自己還不是沒抓好，老是怪我！
……
……

有沒有人！誰來救救我!!
!!

好痛！
我剛剛踩到什麼？

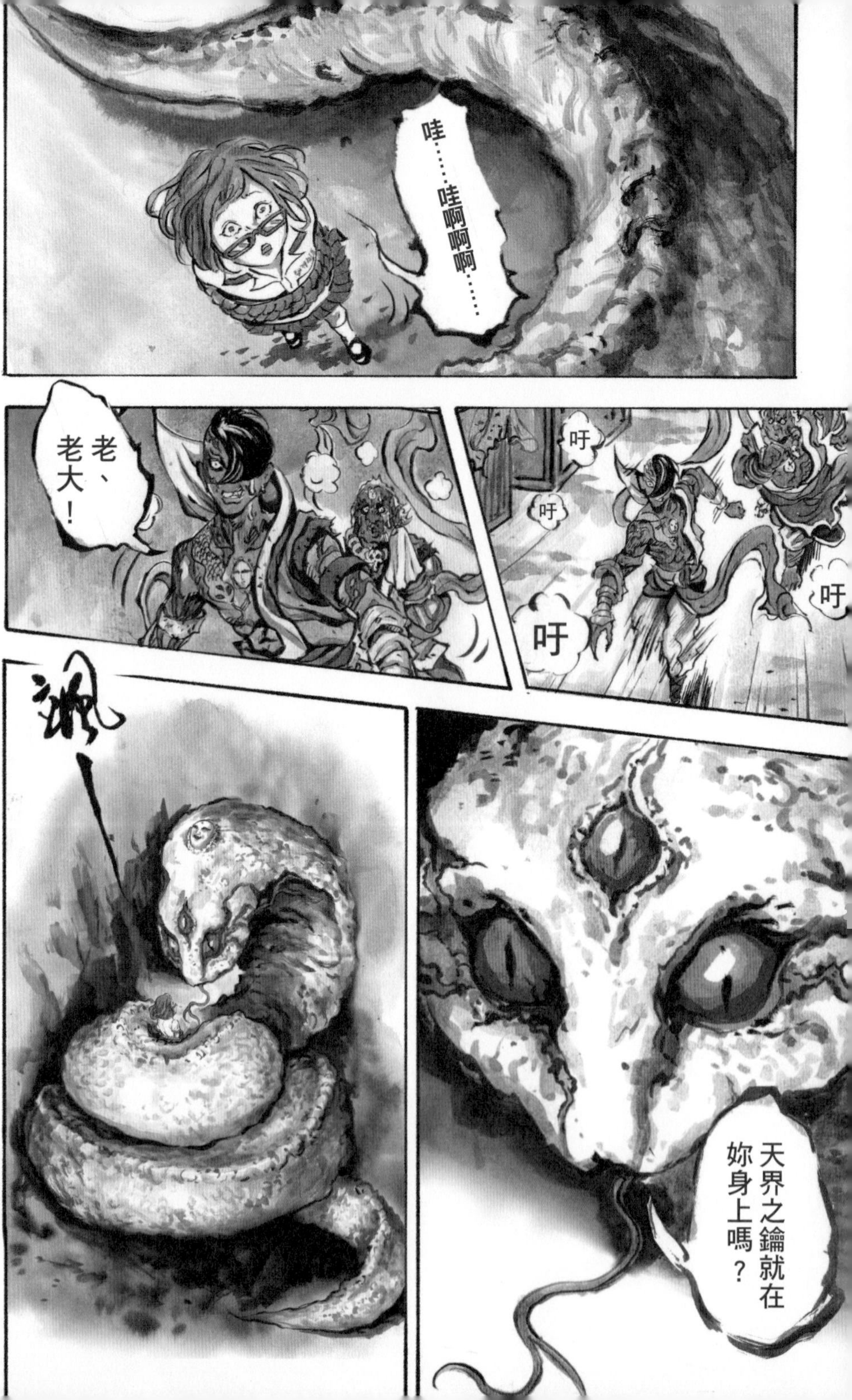
哇……哇啊啊啊……
老、老大！
吁
吁
吁
吁
吁
天界之鑰就在妳身上嗎？

呀……
證17413
呀……

!
咚—

哇啊啊啊……！

嗯？
我剛剛怎麼？

好想戳……
喵~!!

第二回 伏魔戰神
……那個瓶子？

牠……該不會是？
你是誰！？竟然敢傷害老大！
穿那什麼怪衣服！你以為你是漫畫人物嗎？
你自己也很怪，還敢說人家勒！
想打架嗎！
誰怕誰！？
不要吵了！
是牠！伏魔塔的保管者，
封印百餘妖魔的收妖戰神，
猞猁——
小貓咪……？
這不是你們該來的地方！
那女孩身上的東西不屬於你們……

我想得到的東西就一定要得到……
如果你非得阻擾我……
咻咻咻…

三頭巨魔
拿你的命來換！

受死吧!!

老大，抓到他了！
嘿嘿……不過就是隻小貓咪啊——

!?
不見了!?
!!

老大，他在我們身上！

啊啊啊啊——可惡的小螞蟻！
降魔——！
咻——

雷霹斬

�

收服了我，也是沒用的！
所有妖魔都將為了那女孩身上的東西而來——
呃……你、你是……

咻
有妖氣正在接近中！而且不只一隻……
……
妖氣？

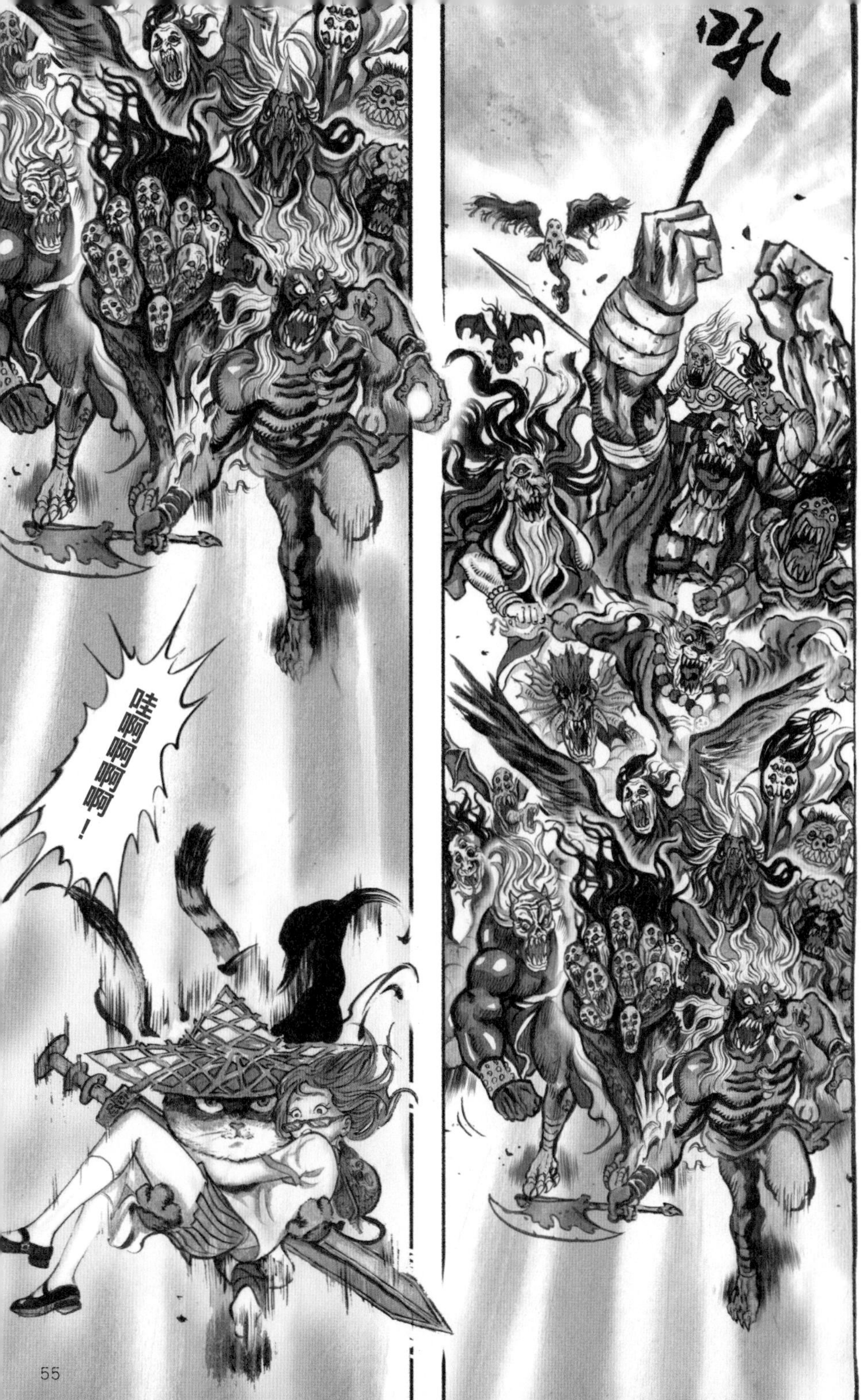
吼
哇啊啊啊啊！

貓咪~
毛茸茸的貓咪~
喵?

第三回 怪物

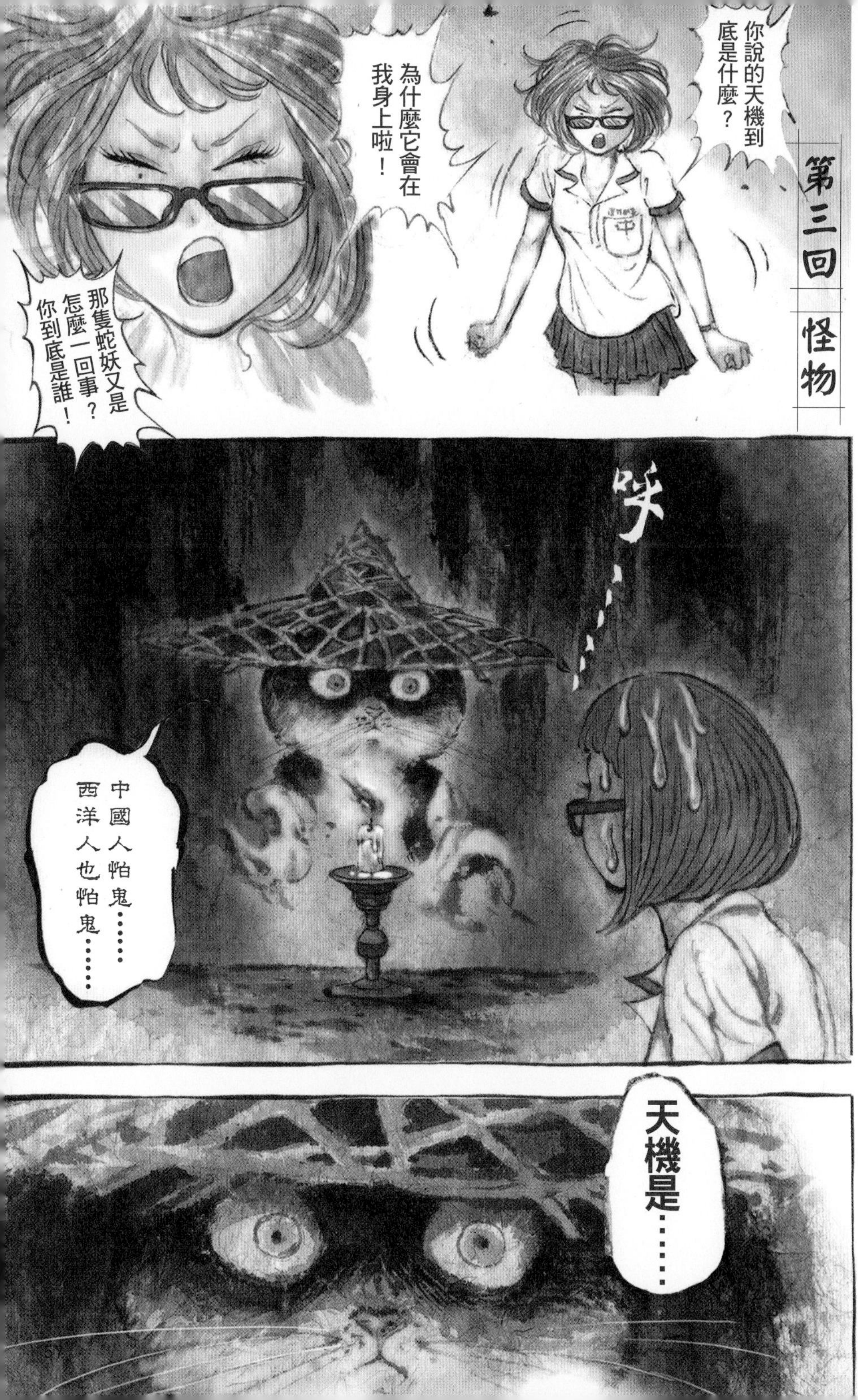
你說的天機到底是什麼？
為什麼它會在我身上啦！
那隻蛇妖又是怎麼一回事？你到底是誰！
中國人怕鬼……西洋人也怕鬼……
天機是……

天機是神族的祖先
——盤古天帝的心臟，
也是賦予萬物生命泉
源的能量之石。
它能帶來生命，
亦能帶來死亡。

若有邪念者得到它，世間將會陷入一片黑暗之中。

如今，天機被封印在天之織女夏云的心中，世界上唯有一樣東西能解開它……
那就是夏云在人界的分身所擁有的天界之鑰！

……
難、難不成……我就是夏云的……
……之前所遇見的妖魔，就是為了妳身上的東西而來。
而在下則是負責保護妳的，至於名字嘛……俠客是不需要名字的！
妳有沒有在聽啊！喂！
……
喂！是妳要在下告訴妳來龍去脈的耶！
我有在聽啦！我在用 Google 查你說的……天機？查不到耶？

呼~
啊~不管這個了！今天又翹英文課了！
書包還丟在路上，如果被爸爸發現的話就完了！
啊啊啊~煩死人啦！
喵！痛啊！
為、為什麼妳要捏我臉!?
好軟♥
就是想捏一下，沒為什麼~
喂！別看我個子小好欺負！我是妳的救命恩人耶~
腫

雨璇，
我叫雨璇！
喵……
布布～♥
?
以後你就叫布布！
什麼？為什麼是布布!?
沒有為什麼！不管，反正你以後就叫布布！
早就想幫寵物取這個名字！
不要隨便幫我取名字！
喂！妳要去哪裡？亂走被妖怪抓到怎麼辦!?

去吃飯啊！都幾點了～
呼呼呼…
……

歡迎光臨麥當勞！
快樂兒童餐優惠中！
喂，等等我！你不行就這樣……
先生請問您要點些什麼？
嗯？
上好酒菜各一份！
不用找了！
呃……這……

不好意思，
請給我一個大麥克餐！
大麥克餐？那是什麼？
好的。
那不是給你吃的！
我剛有幫你買貓罐頭了！
嗟
我不是跟你說過，不可以這樣大搖大擺的走來走去！
為什麼？
一隻會說話會走路的貓，你不覺得很奇怪嗎？
會嗎？
好吧……
哇啊！
哇啊啊啊——
這樣可以嗎？

嗒啦！
感謝各位收看實境魔術秀——
怎麼沒有給點掌聲呢!?
喵嗚~
……
喵？
謝謝各位收看！謝謝——
好厲害！
安口！
喵

這是什麼東西，好奇怪唷～
……
喵喵～放開我！
不准再說話了！
真是奇怪呢，哈哈……
可能番茄醬擠太多，不、不好意思……
……

是街頭藝人嗎？變魔術變到店裡了，好厲害啊！
貓咪好可愛～
您好～歡迎光臨！快樂兒童餐特……
兒子乖唷……想要吃什麼呢？

先生，請問您要點些什麼？
寶貝！人家在問你話，你想要吃什麼？

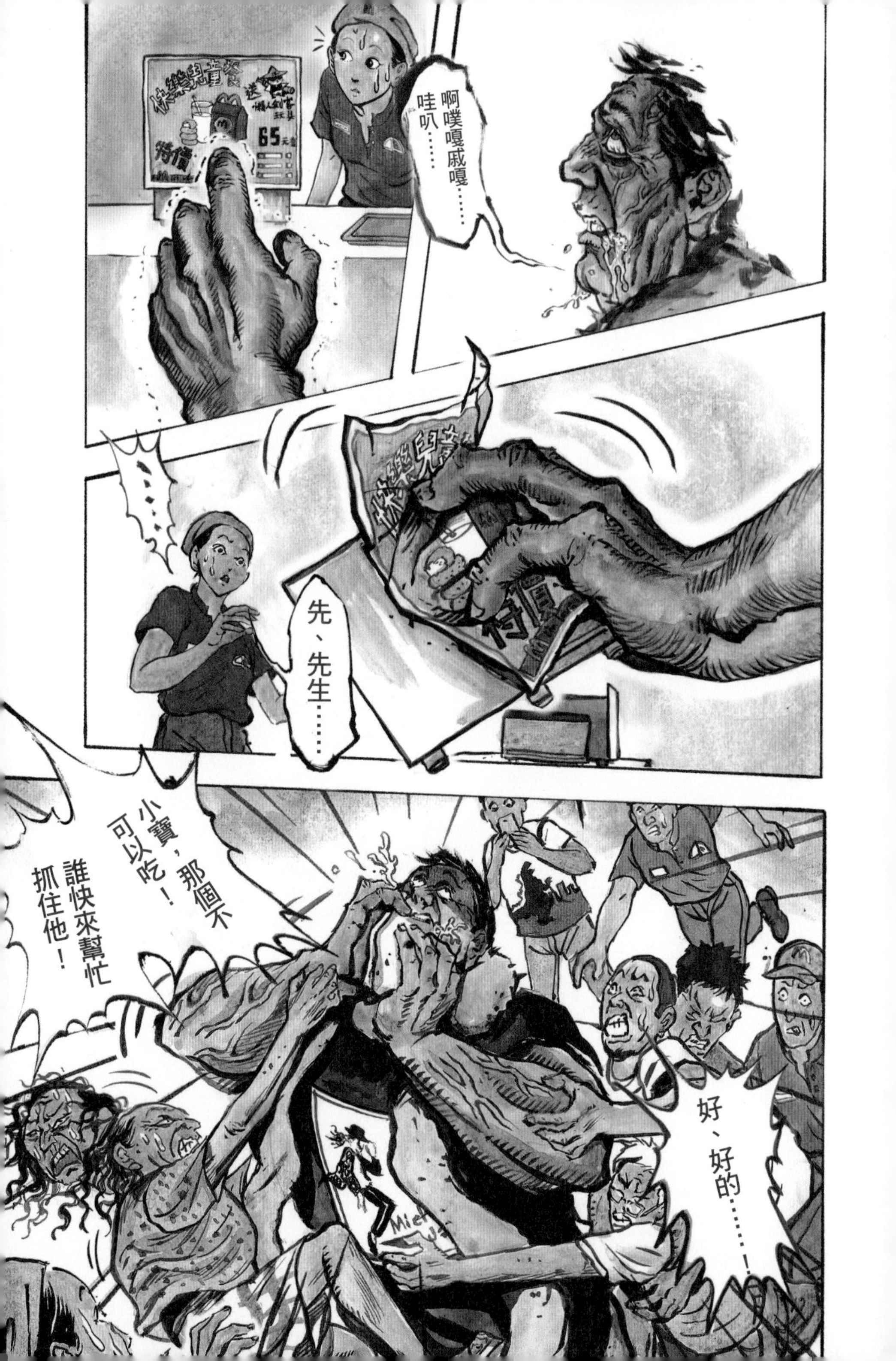
快樂兒童餐
65元
特價
啊噗嘎戚嘎……
哇叭……
……！
先、先生……
小寶，那個不可以吃！
誰快來幫忙抓住他！
好、好的……！

……
……
不好意思……我兒子有病在身，
造成各位麻煩真抱歉……
不、不會……請問您需要點些什麼？
快樂兒童餐五十份，內用！
!!
五、五十份
快樂兒童餐……
內用⁉

坐這裡。
好難吃……
你這樣吃太引人注目了啦！
喵嗚～
這樣坐也沒有比較好！
把你的蛋蛋收好！

喂~你在幹嘛！你自己有貓食，不要吃我的！
總算找到了！就是他們倆個！

颯——
把我的漢堡還來！
!!

轟

啵~
哇啊~~~~！
那個人的頭掉下來了!?

刑天
你是……

刑天，炎帝的護法……曾經把天庭搞得天翻地覆的魔神……
這些人看不到妖怪……
還是脫掉衣服比較舒服！哼……
哇啊！剛剛那個婆婆消失了……
是那個小女孩變的！她是魔術師！

唰
咿呀啊啊啊！
哇啊啊啊——
哇啊！

颯！

可惡……

妳去找個地方躲起來，我隨後去找妳！
那你怎麼辦!?我可以幫你……
快走！妳在這裡只會礙手礙腳的！
咻咻～
報警……

警政署您好，請問有什麼需要嗎？
喂！我在景平路上的麥當勞……這裡有妖……
不，這裡有人打架鬧事！快點來幫我們！
痛！
唉唷！

警察？我才剛打電話報警……
來得真快！那裡……
那裡有人在鬧事！

哇啊～好痛！
11413
你要做什麼!?
放開我！
……

喵喵淼嗚……

第四回 兵法

在那裡！你有沒有拍到？
有了，開始錄影了！
嗚哇～～～！
那、那是什麼東西？
在、在後面！

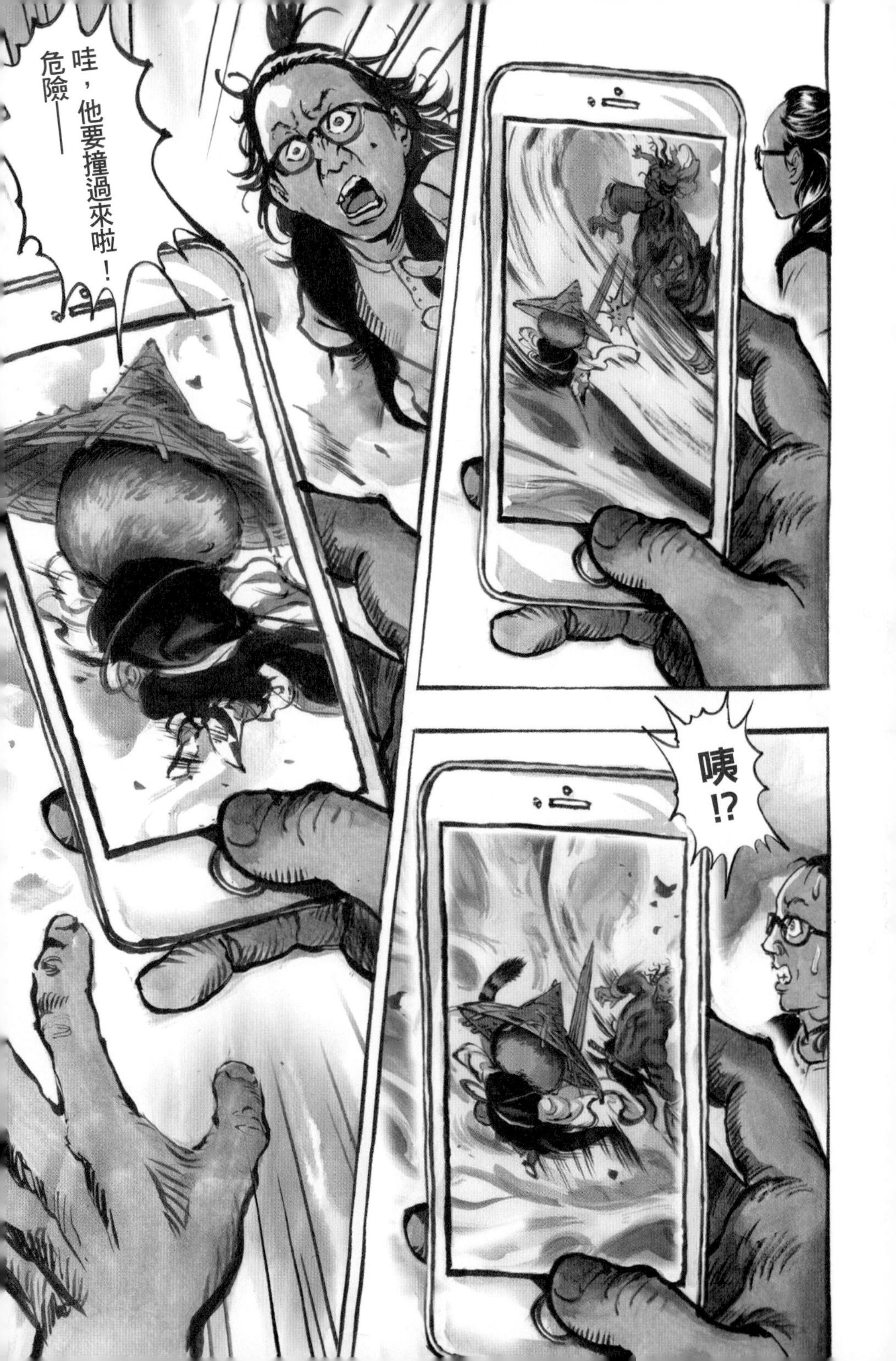
哇，他要撞過來啦！危險——
咦!?

颯
看這邊、看這邊～

小心後面！笨蛋！
我的手機！啊——
我新買的iphone！

颯
！……

動作快！快把他解決!!
唰

呵呵呵呵……

不論力量還是速度都在我之上……
可惡！如果是從前的我……
渾沌說的沒錯……
你的神力已經消耗殆盡！
如今你也不過是血肉之軀！

渾沌!?
呵呵呵呵……在你死之前告訴你吧！
只要一拿到天機……
上古霸主炎帝將再度復活！
屆時世間將會被烈火吞噬！

收妖戰神猞猁——
你也會有今天啊！
夏云……

收妖戰神猞猁也
不過如此嘛……
？

他在上面！
快！殺了他!!
咻

剎——
咻！
！？

嘰……

雙瞳……
這些人的樣子!?難不成……
你們要做什麼!?快放開我……
布布!!
雨璇！

呼—
咻—

!!
可惡……不行牽連無辜的人！
吼啊啊啊啊!!

嚓
!

抓住他！

布布！
!!

鏘鏘鏘…

啊啊啊！
……
啊！打到了！
……！！

哇啊啊——
等等……我的鞋子！
……喀喀喀
……

不要跑！給我站住!!

逃跑!?
算什麼英雄好漢！
……！
逃跑也是兵法的一種！
小心！
!!

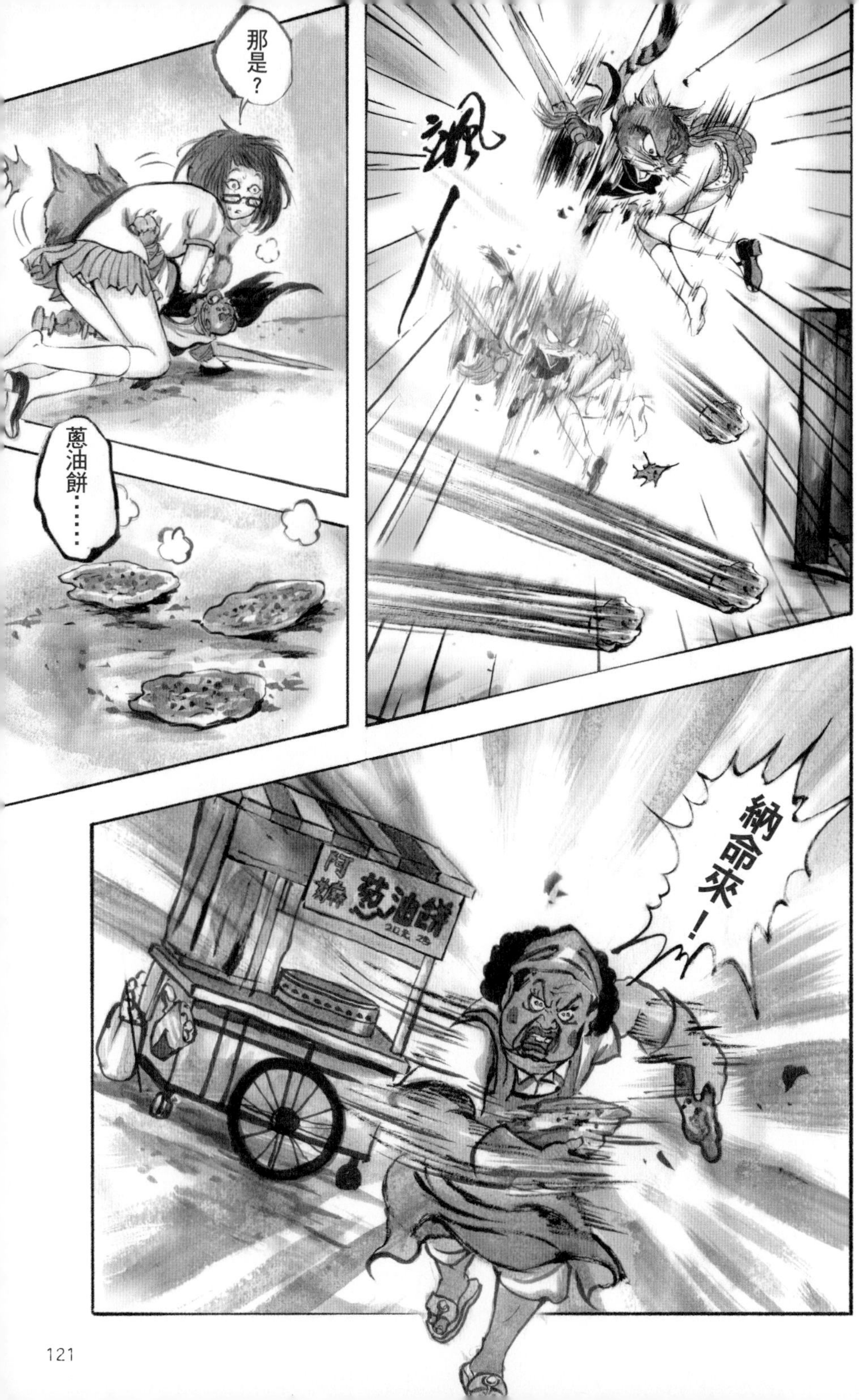
颯——
那是？
蔥油餅……
阿嬤 蔥油餅
納命來！

咻—
啊啊啊啊！
咚—
啪
咬住！
啪
啪
!!
可惡，別跑！

那些人為什麼也要抓我？
他們的心智已被妖魔操控！
擁有操控別人心智能力的只有她……
上古四大妖魔之一——渾沌！
餛飩？
看來她就在附近！

巷子……有了！
咻—
嗒…
嗒…
嗒…
嗒
跑到哪去了？
大家分頭找！
只要到高處就暫時安全了，接下來只要……
好暈～

啪
隱天！

氣閉絶～

你在做什麼？
哪……這是我的毛！
把它收好！能隱藏妳的氣兩個時辰，讓他們暫時找不到我們。
真不愧是猞猁，竟然能夠逃過刑天的追擊！

咯咯咯……

這是你哪裡的毛？
……

渾沌！
第五回 渾沌

哎呀呀呀～才一陣子不見就那麼想我嗎？
颯——

她就是……渾沌？
雨璇！躲到我背後！
啊哈哈哈哈——
!!
咻咻咻⋯⋯

猞猁……救救我……
夏云！
我好想你……
快點……像從前一樣回到我的身邊……

猞猁……救救我！我好痛苦……
我需要你將伏魔塔和天界之鑰交給我，只有這樣我才能……
啊……

妳不是真的夏云！
呵呵呵……沒想到那麼快就被識破了～
只要你乖乖的交出天界之鑰和伏魔塔……
我保證你能見到你最愛的夏云……
你不想救夏云了嗎？她可是你最重要的人唷！

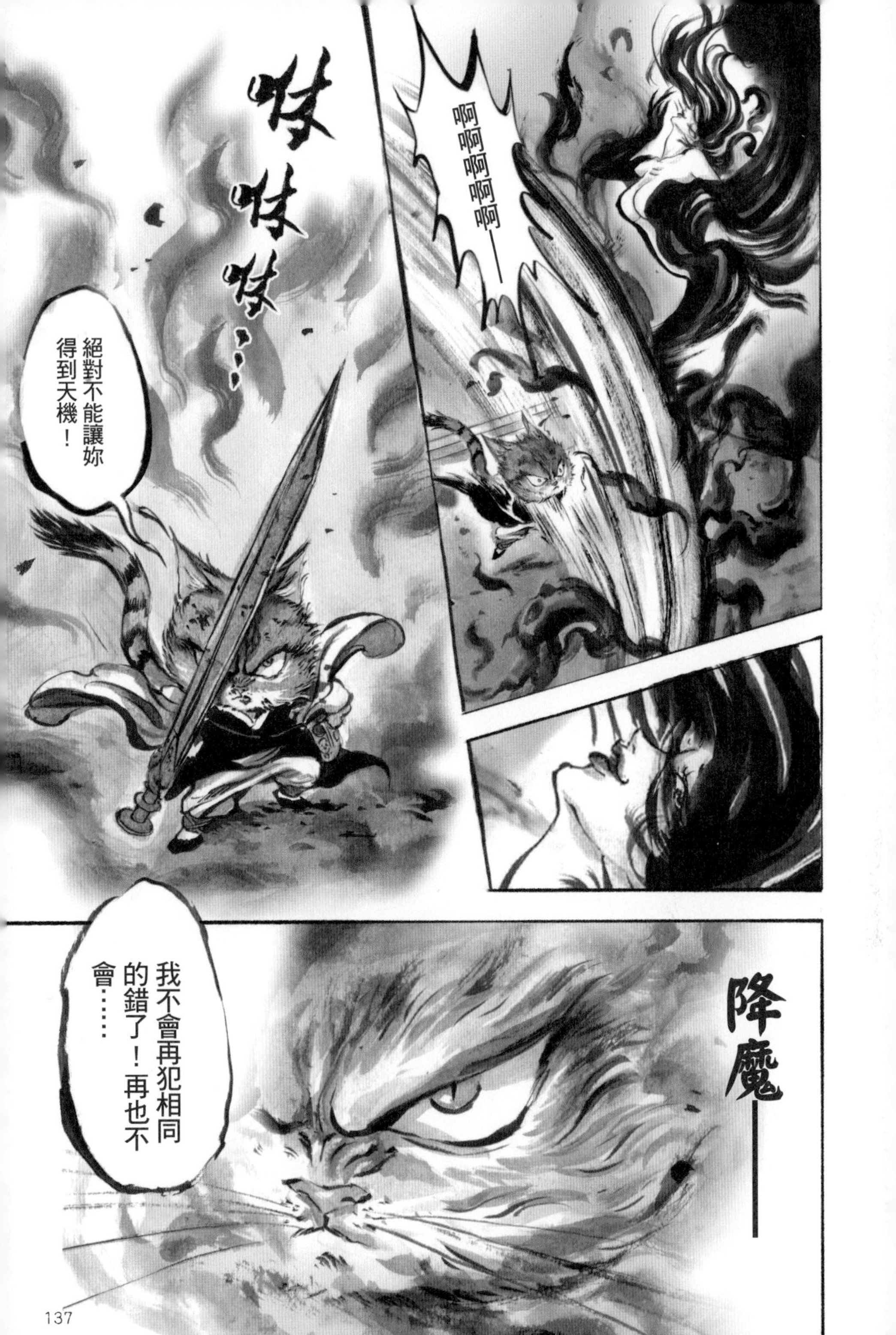
啊啊啊啊啊——
咻咻咻……
絕對不能讓妳得到天機！
降魔——
我不會再犯相同的錯了！再也不會……

雷劈斬
啊啊啊啊啊—

鏘——

鬥戰勝佛！
是你……

可惡……
呼

咻咻咻…

颯—

轟

夏……
夏云……

嗒
喵～這是哪裡？

獨家消息，一名淡江高中女學生在麥當勞進行恐怖活動，放置炸彈引爆，造成恐慌！
所幸在場民眾只有輕傷，目前警方正持續偵辦中！網友也揚言要肉搜這名女高中生！
以下是民眾提供的錄影畫面！
TBBS
高雄
29~33
21:00
高中女生炸毀麥當勞
台灣知名水墨漫畫家轉行當AV男優
SORT
怎麼會這樣……!?
我沒有這麼做啊……

很可愛吧~我國中家政課自己縫的唷！
這是什麼衣服啊！喵~
想說有一天養貓的話可以給牠穿~
小心！動作太大傷口會裂開！
好緊~脫不下來喵！
你醒了……遠古時代最強的收妖神……
喵!?
是……誰的聲音？
怎麼了？布布？

你是什麼人！
莫非和妖魔是一夥的？
布布你在喃喃自語什麼？
？
我是遠古時代，就守護這片土地的神祉遺族，
你與妖魔的決鬥喚醒了沉睡千年的我。

這個感覺錯不了的，他是……
神靈！

小孩……!?

哇啊啊啊！
哇啊！
不要亂翻我東西！
啊～那個是……！
這是什麼？
嘿嘿～
哈哈～

啊啊啊~
喂！
……
第六回　女孩、貓咪、小孩

哇啊啊啊！
哈哈～
好軟唷！
你快點給我下來！
臭小鬼！

哇啊啊啊——
布布！
雨璇！
抓

哇啊啊啊！
看來在我沉睡的期間發生了不少事呢～

距今三千多年前，人類為了奪取神族掌控世界的古代兵器——天機，與黑暗妖魔渾沌訂下契約，以人類的慾望交換妖魔力量向神族發動戰爭。

涿鹿之戰，南天門失守，神族兵敗如山倒，妖魔渾沌與人類之首蚩尤占領了天界，並將自太古時代就封印於伏魔塔的四百妖魔放出。這些妖魔穿越時空，為了尋找打開天機的鑰匙——天界之鑰來到世上……

除了我之外所有神族不是被殺，就是被妖魔控制……
我要將四百妖魔收服並救出被困在天庭的夏云。
你們這些討厭鬼，就因為能打開天機的女孩在我的地盤！
就把人家吵醒，還在人家家裡亂搞一通！
怎麼噴得到處都是！
……
看來這種情況還是要去拜託那群老人家……
雖然不是很想但也只有這個辦法……
老人家？

林雨璇！妳在家!?
碰碰碰
喵～
糟了！
完蛋了，是我爸！你們快躲起來！
躲起來？我餅乾還沒吃完耶！
……
爸、爸爸……你不是加班今天不回來？
怎麼會？

嗚嗚嗚～泥藥槓麻啦！
!!
林雨璇，妳到底在搞什麼？妳最好給我解釋清楚！
解、解釋……什麼……？
TBBS
高中女生炸毀麥當勞
台灣知名水墨漫畫家轉行當AV男優
東抓西抓
啊！完蛋了！
!?
怎、怎麼辦……

嗚嗚嗚～
搆不到……
那、那個新聞是……
慢慢後退
什麼新聞？
推

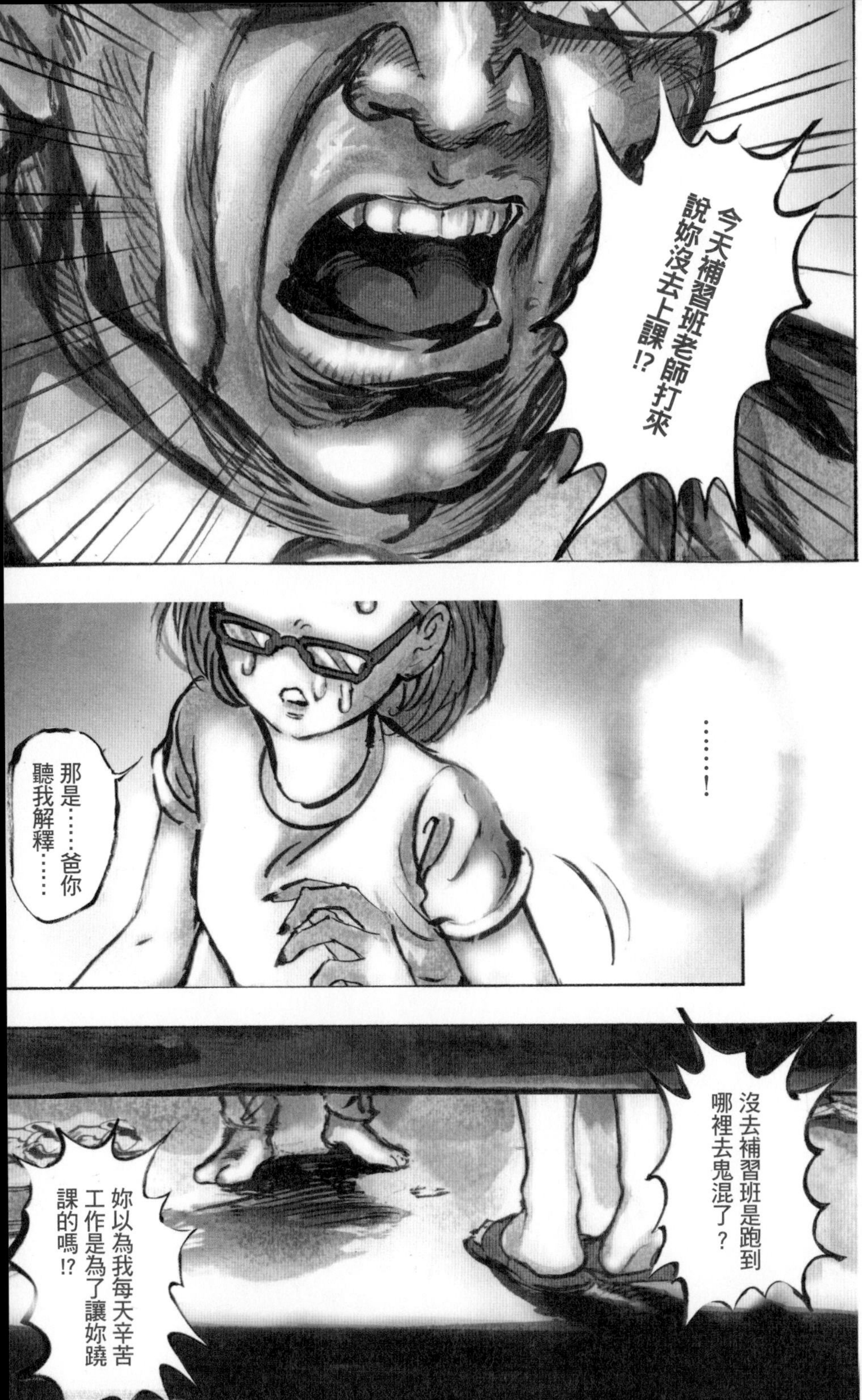
今天補習班老師打來說妳沒去上課!?
……!
那是……爸你聽我解釋……
沒去補習班是跑到哪裡去鬼混了？
妳以為我每天辛苦工作是為了讓妳蹺課的嗎!?

我工作已經很忙了，還要處理妳的事情！
嗯……
咯嚓！
!!

嘟嗶嗶嗶…

喂……
我馬上回公司處理。
……妳最好皮給我繃緊一點！
……

兇兇……
……
喵～

鈴鈴鈴
鈴鈴鈴
幾點了……？
怎麼覺得肚子重重的？
咦!?

你們乖乖待在客廳，我做早餐給你們吃……

哇哈哈哈～
飛吧～飛吧！
我抓我抓
我抓抓抓～
快給我住手！
嗯？這是
什麼？
奇怪？怎麼變
安靜了？
嗯，在看電視？
呵呵～果然是小
孩子！

皇上～臣妾有苦難言啊！
來人啊！拖下去斬了！
布布～這樣電視會壞掉！
如果被處死了怎麼辦!?
妳快點告訴皇上實情啊！
SQNY
布布～早餐好了唷～快點來吃吧！
對了！還沒問你叫什麼名字？
名字……？

我不需要那種東西啦！
神靈就是神靈！帥氣又可愛的小神靈！嘿嘿～
抓抓抓～
這裡可以找到其他神靈？
……你是從中原那邊過來的吧？

鯤島
這裡是鯤島，在遠古時代就存在的神靈之島。東海有島，其名為鯤，鯤大蘊靈幾千。

在這裡住著許多和我一樣，
幻化成自然間無形的神靈，
祂們不依附任何種族，平靜
的保護這片土地。

嘿咻～
嘿嘿唷～
唷唷唷！
只要找祂們幫忙，就能讓那些跑來我們家吃我們的餅乾、喝我們汽水的壞妖怪哭哭！
但是我不知道祂們在哪裡。哈哈～因為我睡太久了。
如果猞猁說得沒錯……
喵～

一旦天機落入妖魔手裡……包括神靈，世上所有的生命都將消失。世界將回歸最初的黑暗……

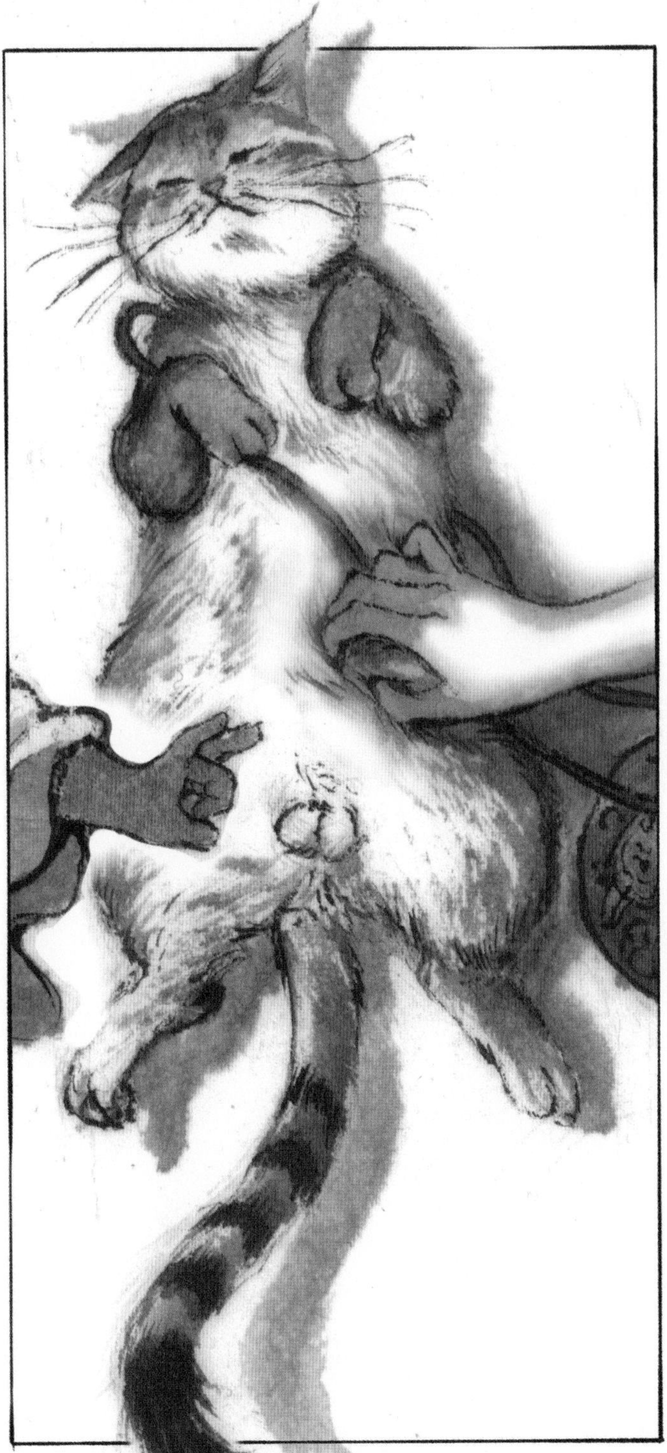

下回待續

劍的故事

我很喜歡釣魚。
釣魚的時候，總能讓我放鬆心情。
嗯……天氣真好。
說起來，也算是一種逃避吧……逃避那些難過的事，有些事情解決不了，就只能逃跑……而我也已經很習慣逃避了。
直到那天……

快閃開！
哇啊啊！
一個永不逃避的小小身影。

他受重傷，撐不了多久了！
蠱雕、天吳，一起上！
糟了……我的神力散失不少，擋不下來，可是我躲開的話，後面的人類就……
嗯？那把劍是？

吼—

再來啊。
唔……那把劍是什麼來頭？猞猁拿到劍後，力量立刻往上提升了。
哼，暫且放過你……
嘿嘿，還好那傢伙是個膽小鬼……
硬拚下去恐怕會有危險……
啊！貓大爺！

我將那位突然出現，從妖怪手中救了我一命，疑似是個善良妖怪的貓大爺帶回家裡療傷。
喵！
喵！
他醒來後說了很多我聽不懂的事，什麼天機、夏云……，我只能大概明白，他似乎在找某樣東西，而那樣東西不在這裡。他得找到「時空門」，才可以繼續尋找那樣東西的旅程。
啊，不好意思，貓大爺，有人找我，我去開門……
啊，筱鈴！妳怎麼會跑來這裡……

好你個大笨儉！
還敢問我怎麼跑來這裡？不是中午要在大樹那邊碰頭嗎？都黃昏了，你居然敢放我鴿子啊你！
啊！痛痛痛……對不起啦！我一時忘了。
因為今天在河邊的時候，我遇到一些事，得照料一下貓大爺……
貓大爺？什麼意思？
喵～
……
啊……
哇！是小貓咪！早說嘛大笨儉，居然偷偷養了這麼可愛的貓。

可惜爹不讓我養，否則我一定接你回家喔……
喵～
你喜歡她？
……
唔！時間太晚了，我得趕快回去了，要好好照顧牠喔！
好了！我知道了。
不過我們之間是不可能的……
？
她是大官的女兒，而我只是一個罪人的兒子……

貓大爺身上似乎有種讓人放心的特質，我毫無保留的和他說了我的過去——當年我爹曾經是將軍……
卻因為政敵陷害而被問罪，斬首抄家，我娘只是個妾室，加上當時我年紀小，才得以活下來……
我看你好像一直背著那把劍？它對你很重要？
當我握到那把劍的時候，感覺神力有所提升，應該是有什麼來歷……
這把劍是我爹的遺物，據說是古代帝王夏禹的配劍……
我娘當初把它藏起來，才沒有被官府奪走。
夏禹的劍！難怪……
因為是罪人之子，小時候我常被其他人欺負……

而我被欺負時，筱鈴總會挺身而出來救我。
我知道自己不能一直這樣下去，我試著振作，但卻總是表現得畏畏縮縮的。
所以我娘因病過世前，把這把劍交給了我。
她臨終前說，希望我能背起這把劍，挺直腰桿活下去。
這樣啊……不過我想你娘真正的用意，應該不是要你「挺直腰桿」而已……
哇啊—
什麼意思？
糟了！那是城鎮的方向，筱鈴家就在那裡。
哈哈！盡量吃吧！盡量蓄積力量，
吃光這些人，就不怕那個猞猁啦！

可惡！
給我住手！
嘿，你來太晚了！猞猁，我們已經吃了夠多人，有足夠的力量了……受死吧！
貓大爺叫我不要跟著，我還是忍不住跟上來了。

可惡！得再補充一點力量才行！
筱鈴！
蠱雕，先去吃了那群人類！
吼～
糟糕！
嘿嘿，中計了吧！

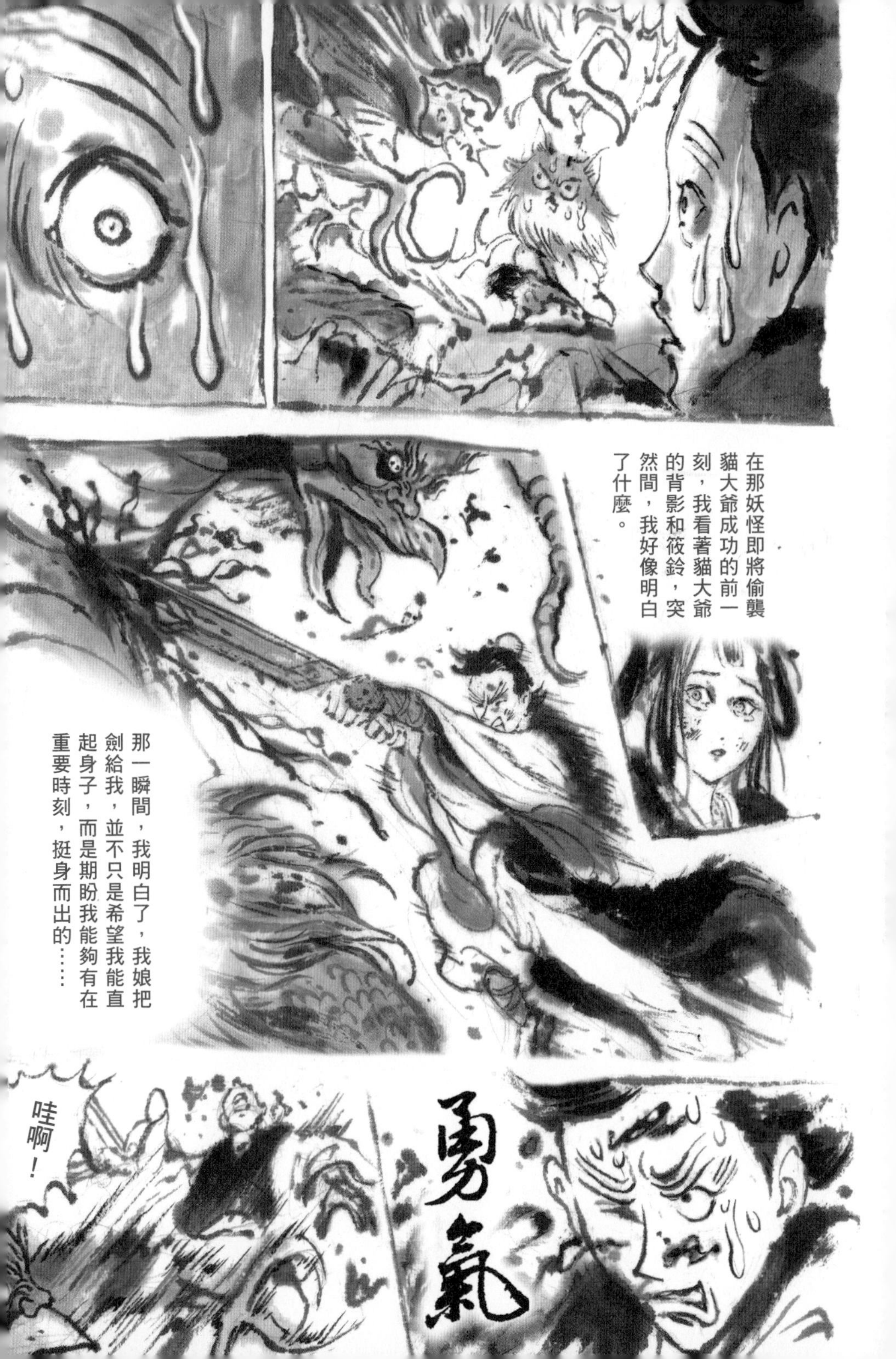
在那妖怪即將偷襲貓大爺成功的前一刻，我看著貓大爺的背影和筱鈴，突然間，我好像明白了什麼。
那一瞬間，我明白了，我娘把劍給我，並不只是希望我能直起身子，而是期盼我能夠有在重要時刻，挺身而出的……
勇氣
哇啊！

貓大爺！接住！
吼！
……
不～！

這帽子很適合你呢，小貓咪。
在下也滿喜歡這頂帽子……謝謝了，儉。
是我要謝謝你才對，謝謝你救了我，救了筱鈴，救了整個城鎮。
那是在下應該做的……畢竟妖怪是我引來的。
好了，在下該走了，得繼續尋找另外的時空門才行。
對了，這把劍……給我真的沒關係嗎？這不是你爹的遺物嗎？
沒關係的，那把劍對你的任務應該會有幫助吧？
而且你看，我現在不需要它，也能直起腰桿了不是嗎？

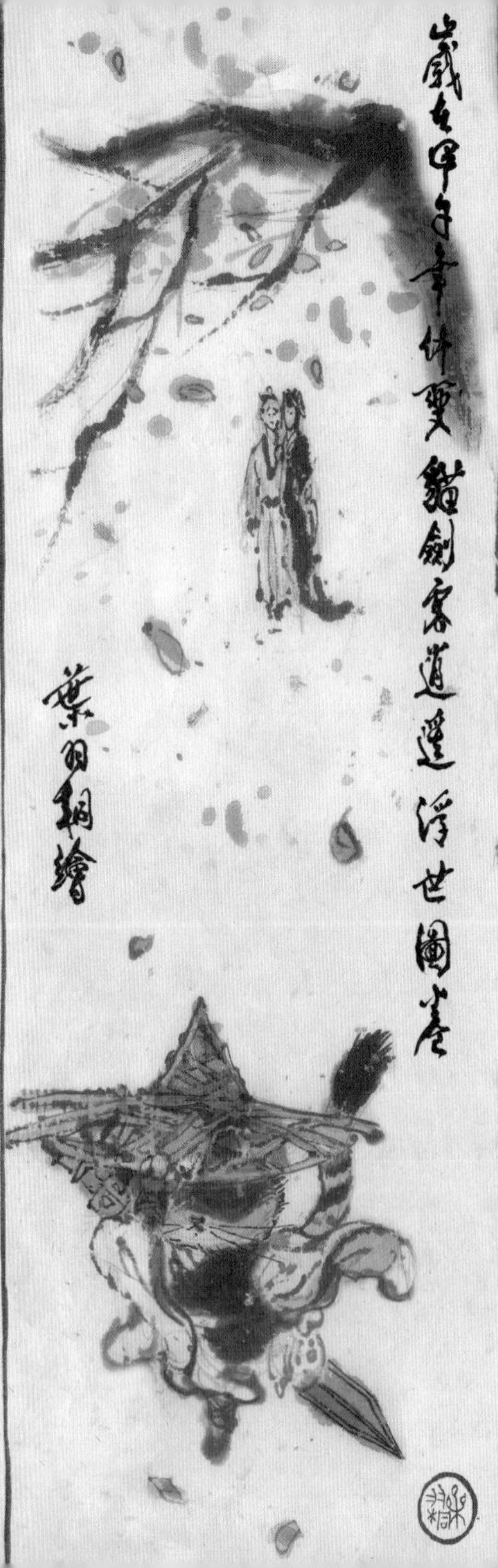
葉羽桐繪

呵呵，說的也是。
祝你一路順風，早日找到目標喔！
謝謝，也祝你們百年好合啊。
羞～

道教世家出身，
卻從不相信鬼神的魯蛇青年——衝一發，
被捲入雨璇與山海經妖魔的爭戰，
他的人生將會遭遇怎樣的轉折!?
新角色、新事件，精彩登場！

世界上哪有什麼神明!!
如果神明那麼厲害，
為什麼不來幫助我!?
小心!!

貓劍客　卷二

2017春・磅礴上市

FUN系列031

貓劍客

卷一

作　者—葉羽桐
主　編—陳信宏
責任編輯—王瓊苹
責任企畫—曾睦涵

總編輯—李采洪
董事長—趙政岷
出版者—時報文化出版企業股份有限公司
一〇八〇一九　臺北市和平西路三段二四〇號三樓
發行專線—（〇二）二三〇六六八四二
讀者服務專線—（〇八〇〇）二三一七〇五・（〇二）二三〇四七一〇三
讀者服務傳真—（〇二）二三〇四六八五八
郵　撥—一九三四四七二四　時報文化出版公司
信　箱—一〇八九九臺北華江橋郵局第九九信箱
時報悅讀網—http://www.readingtimes.com.tw
電子郵件信箱—newlife@readingtimes.com.tw
時報出版愛讀者粉絲團—http://www.facebook.com/readingtimes.2
法律顧問—理律法律事務所　陳長文律師、李念祖律師
印　刷—華展印刷有限公司
初版一刷—二〇一六年十月十四日
初版三刷—二〇二一年九月二十八日
定　價—新台幣三〇〇元
（缺頁或破損的書，請寄回更換）

貓劍客 1 / 葉羽桐著 . -- 初版 . -- 臺北市 : 時報文化 , 2016.10-
冊 ;　公分
ISBN 978-957-13-6787-3(第 1 冊 : 平裝)

857.7　　105017333

《貓劍客》（葉羽桐/著）之內容同步於
LINE WEBTOON線上連載。
（http://www.webtoons.com/）@葉羽桐

ISBN 978-957-13-6787-3
Printed in Taiwan